常春藤诗丛
华东师范大学卷

宋琳 主编

马铃薯兄弟诗选

马铃薯兄弟 著

陕西新华出版传媒集团

太白文艺出版社

图书在版编目（CIP）数据

马铃薯兄弟诗选 / 马铃薯兄弟著 . — 西安：太白文艺出版社，2019.1

（常春藤诗丛 . 华东师范大学卷）

ISBN 978-7-5513-1673-6

Ⅰ . ①马… Ⅱ . ①马… Ⅲ . ①诗集－中国－当代 Ⅳ . ① I227

中国版本图书馆 CIP 数据核字（2019）第 024725 号

马 铃 薯 兄 弟 诗 选

MALINGSHU XIONGDI SHIXUAN

作　　者　　马铃薯兄弟

责任编辑　　张笛

封面设计　　不绿不蓝 杨西霞

版式设计　　刘戈

出版发行　　陕西新华出版传媒集团

　　　　　　太 白 文 艺 出 版 社

经　　销　　新华书店

印　　刷　　北京彩虹伟业印刷有限公司

开　　本　　787 毫米 ×1092 毫米　1/32

字　　数　　92 千

印　　张　　8.375

版　　次　　2019 年 1 月第 1 版

书　　号　　978-7-5513-1673-6

定　　价　　45.00 元

联系电话：029-81206800

出版社地址：西安市曲江新区登高路 1388 号（邮编：710061）

营销中心电话：029-87277748　029-87217872

心灵城邦的信使
——《常春藤诗丛·华东师范大学卷》序言

> 每场革命，最初都是一个人心灵里的一种思想，一旦同一种思想在另一个人的心灵里出现，那对于这个时代就至关重要了。
>
> ——爱默生

一

20世纪80年代的大学生诗歌运动属于广义上的"第三代"诗歌运动，是以朦胧诗为代表的地下诗歌运动的余续。其规模大大超越了朦胧诗，并将朦胧诗的影响从理念扩大到日常生活和写作行为中去，就精神的自足、语言实验的勇气与活力来看，或可称之为一场学院"诗界革命"。梁启超曾说："过渡时代必有革命。然革命者当革其精神，非革其形式"（《饮冰室诗话》）。可这一次革命却是从精神开始，而归结于形式的。每个诗人的成长与他的阅读史是相伴随的，一首诗的力量——如雨果所说——可以超越一支军队，如果我们从心灵征服的角度去理解的话，就可以不去管浪漫主义信条是否依然有效。事实上，课堂上讲授的普希金与私底下交换的现代诗歌读物是交互作用于年轻学子的感受力的。顾城的《一代人》只有两句："黑夜给了我黑色的眼睛，我却用它寻找光明。"这种警句式的表达未脱浪漫主义的调子，却成为我们寻找现代性的宣言。

反思20世纪80年代的精神气质和个人学习写诗的历程，我们自然会将地理空间对心灵的投射作用与一首诗的销魂效果联系起来。上海，中国最都市化的城市，具备构成现代性的一切因素。它混杂着殖民时代的摩天大楼、花园洋房和棚户区。黄浦江上巨轮与冒着黑烟的机帆船交错行驶。它的街道风貌中既有石库门的市井风俗画、梦游般的人群，又有琳琅满目的橱窗的奢华镜廊，无轨电车与自行车流的活动影像一掠而过。尽管经过社会主义工业化的改造，昔日租界那"万国"风格的办公楼与住宅区大都幸存了下来，丁香花园的洋气与豫园的老派相对峙，连空气也混合着冰激凌、啤酒、江水和工厂的化学气味。华东师大校园紧邻苏州河——工业污染使它变成了死水，它与另一个近邻长风公园的秀美形成巨大的反差，这些都成为城市焦虑症的源头，本雅明所谓"震惊经验"的上海版。"中国是有都市而没有描写都市的文学，或是描写了都市而没有采取了适合这种描写的手法"（杜衡：《关于穆时英的创作》），20世纪30年代初如此，80年代初亦如此，上海的校园诗人在学徒期已感觉到这个问题。

夏雨诗社成立于1982年5月，早期主要成员是1978、1979和1980级中文系学生。策划地是被我们戏称为"巴士底狱"的第一学生宿舍，灰色的三层回字形楼房，这栋建筑是民国时期大夏大学的旧址。某个春夜，我们开始了紧张的筹备。张贴征稿启事，给名流写信，请校长题词，打字，画插图，油印。5月下旬，《夏雨岛》创刊号就这么诞生了。如果说夏雨诗社有自己的传统，那么可以追溯到辛笛写于20世纪三四十年代的诗，他的为人也堪称我们的师表。另一位有重要影响的是施蛰存先生，他是中文系的教授，有关他和《现代》杂志的关系、"第三种人"文学观的争论、他与戴望舒的友谊，尤其是他写志怪和色情的极具现代感的小说，都使他成为上海传奇的一部分，成为我个人的文学英雄。向两位先生的请益，打开了我的视野。施蛰存的《关于"现代派"一席谈》是在夏雨诗社成立后不久的1983年写的，在文中他提醒年轻人，现代观念早在五十年前就有了，"不是什么新发现"，因此"在创作中单纯追求某些外来的形式，这是没出息的"。如何避免重复上一代人，或再次错过某种与传统接续的契机？在检视我自己以及一些夏雨同人早期习作时，我既怀念青春的纯洁与激情，又不免为文化断裂所导致的盲目而感慨"诗教"的不足。"失去的秘密多得像创新"——理解曼德尔斯塔姆这句话的反讽意味，需要多么漫长的砥砺呀！

二

　　快速吸收、快速转换似乎是青春写作的一个特点，在主体性未完全建立以前，模仿和趋时的痕迹是明显的。学生腔、自我陶醉、为文而造情这些通病使大量的文本失效，在时间的严酷法则下，经得住淘汰的诗作已属凤毛麟角。或许只有诗人的"第二自我"能够立于不败之地，确保出于热爱的摸索没有白费——那时我们都很虔诚。

结社本身在价值取向和实践方面必将体现一个时期或一个地域的文化征候，一个社团往往就是一个趣味共同体，相互激发和讲究品鉴，使代代文人共同参与并创造了知音神话。"真诗在民间"意味着文化的原创性是由民间社会提供的，其中社团的运动是保证原创性的活力得以持续的基础。夏雨诗社作为高校学生社团之一，所以能从中产生出优秀的、有全国影响力的诗人，自发性是至为关键的，没有自发性就不可能保障个性的发挥，也就没有诗歌民主。薇依曾说："思想观念的群体比起或多或少带有领导性的社会各界来，更不像是群体"（《扎根：人类责任宣言绪论》）。夏雨诗社的组织形式不同于利益群体，虽然没有流派宣言，它亦接近于诗歌观念的群体。一首诗的传播有大语境的因素，但是在诗歌圈子的小语境中，一首诗一旦被接受，就是一个不小的事件。如艾略特所说："它调整了固有的次序。"

相对于徐芳、郑洁诗中的淑女气质，张小波、于荣健，还应加上张文质，却着迷于惠特曼或海明威的野性。张小波的《钢铁启示录》、于荣健的《我们这星球上的男子汉》和张文质的《啊，正午》写出时，四川的"莽汉主义"诗派还没有创立。狂放、一定比例的"粗鄙度"（朱大可在《城市人》诗合集序言《焦灼的一代与城市梦》中发明了这个术语）、崇尚力之美、将词语肉身化、并赋予原始欲望以公开的形式——单纯得令人不适，或相反，鄙夷公众趣味到令人咋舌。

色情是唯美主义偏爱的主题，施蛰存在 20 世纪 30 年代就写过《小艳诗》，在旺秀才丹的诗中我们惊讶地发现某种香而软的质感复现了："我从圆锥的底部往上看／我看到几只玻璃瓶静立在那里／美丽的女郎站在它们旁边／用柔和的灯光擦洗身子／最隐蔽处／两只雄蟹轻嗑瓜子／急速地吐皮／喷烟／从最隐蔽处往外窥视"（《咖啡馆里》）。他或许受到波德莱尔的影响。早在1983 年，《夏雨岛》第四期就通过石达平的论文《李贺与波德莱尔的诗歌》披露了钱春绮先生翻译，尚未结集出版的波氏诗歌片段。

诗歌成为某种生活方式在夏雨诗人的交往中留下了不少趣闻，那是一个诗歌和友谊的话题，混合着机趣、荒唐、幻想和空虚，似乎证明了王尔德的理念：生活是对艺术的模仿。谁有才华谁就可能成为我的朋友，不管他有多邋遢、多不懂世故。愿意"在龌龊场龌龊个够"（奥登语）是个人的事，但写诗需要天赋，也需要同伴的刺激、竞争和反馈，在这件事情上我们都是严肃的。我们的盲流风（或波希米亚风）后来传染给了更年轻的一代。我可以开出一列长长的名字，这里只能从略。"诗可以群"，"诗人皆兄弟姐妹"，我们的自我教育若没有诗歌将会怎样呢？或者说诗歌没有整体文化的宽容能否自然生长？能否转化为全社会的财富？原创性的危机正是全社会的危机，不是别的。

在夏雨诗社存在的十一年（1982—1993）里，陆续自印出刊《夏雨岛》十五期、《归宿》四期、《盲流》一期，编有诗选《蔚蓝的我们》和《再生》（原名《寂灭》），诗人自印的个人集不包括其中。这个清单大体可以体现历届诗社成员的集体劳动，我主观地希望，"复活"后的新夏雨诗社的年轻一代愿意视之为一笔小小的精神遗产。迄今为止，夏雨诗社为当代诗坛贡献了几位有分量的诗人，从这个"流动的飨宴"出来后，他们没有放弃写作，没有被流俗的漩涡裹挟，尤其是社会向市场经济转型所造成的人文领域巨大的落差没有夺走他们捍卫诗歌的勇气，这些都成就了汉语的光荣。

夏雨诗社在 1993 年停办是有象征性的，20 世纪 80 年代的金黄已远逝，接下来是碎镜里的水银。客观性、现实感、稳定和细微的经验叙事代替了单纯抒情。诗人应该建立起什么样的信念成为一个需要迫切面对的问题。最后几批在校的夏雨诗人，如旺秀才丹、马利军、陆晓东、余弦、周熙、陈喆、江南春、丁勇等都在写作中寻找精神突围的可能性。历史大事件、真实的而非想象的死亡拷问着良知，尽管诗篇还不足以承载现实的重负，"诗人何为"的意识似乎已经觉醒。

一些已经毕业或离校的诗人各自经历着写作中的孤独净化，以某种向心灵城邦致敬的方式相互呼应。马铃薯兄弟（于奎潮）的《6 月某日》写得克制，诗中的观察者对自己把肉眼看到的、擦过天空的鸽子"当作欢欣的事情"感到自责：

生命匆忙
像造机器一样
造爱

只有这些生灵

在天上不安

一个闲人在窗前

无言

　　意识到言说的困难既来自外部也来自内部，写作的
策略必须及时调整。20 世纪 80 年代中后期夏雨诗风中
最显著的自渎性的身体反叛，与西方后现代主义的出发
点不谋而合，根据伊格尔顿的观点，"身体变成了后现
代思想关注最多的事物之一"（《后现代主义的幻象》）。
1989 年以后，虽然娱乐业兴盛，身体却失去了狂欢性，
像被动句式代替了主动句式一般，"一个含糊不清的客
体塞进了肉体的客体"（同上）。"造爱"也沦落为与
爱欲无关的机械制作过程，在此类伪装的陈述中，某种
寓言结构和新的含混出现了。在黑暗中守灵的形象在张
文质的诗中一直若隐若现，历史哀悼与个体危机的救赎
主题相交织，使他的咏叹时断时续，凄婉的声调中跃出
某个句子，令人猝不及防。《已经两天，我等待着在我
的笔端出现一个字》这首诗就传递了转型期的苦闷、无
助和寻求信仰的隐秘心迹：

今夜我在一个古怪的梦中，看见断头台落下来的刀片在离自己脖子仅有三寸的滑道上卡住了。又一次我听见生命的低语，宽大的芭蕉叶静静地翻卷起来。

这里我们既可听见卡夫卡，也可听见荷尔德林的回声，它将"哪里有危险，拯救也在哪里发生"以卡夫卡的方式隐喻化了。任何人都没有权利对一个梦强行索解，何况"断头台"与"芭蕉叶"在现实中根本就难以并置。诗中主体的坠落感还可从"必须有一个字撑住不断下陷的房屋"获得，诗人强烈地感受到写作与现实、词与物、灵魂与肉体的脱节。个人价值观与时代的总体趋向不可通约甚至相抵牾，区隔不可避免地发生了，写作只有在质疑中才有可能重获意义，此时除了终极事物，没有别的可参照的文本。"必须有一个字"成为安顿一切的基础，否则精神就无所凭依。从形式游戏向内心生活的还原是一个严肃而艰难的抢救工程，文本的殊异性造成阅读的不适和晕眩感，有时是隐微技艺使然，有时则是经验读者处于同陌生语境绝缘的状态。

吕约的诗往往运用中性词汇和精巧的反讽处理严肃的题材，她似乎不喜柔弱，偏爱尖锐而智性的幽默。《诗歌不知道自己已经死了》将一场"诗歌国葬"安排在高尔夫球场，为了制造出一种间离效果：

> 葬礼上，一个孩子发现它的眼睛还在眼皮下转动
> 但它捐出了自己的眼角膜
> 所以它将永远看不见自己的死亡

你可能会将这首诗的构思与从"上帝死了"到"作者死了"那个语义链联系起来，但我觉得它的形式更接近卡夫卡寓言。诗歌并没有死，它只是成了双重的盲人。

了解真相的人，因不能说出而受苦，这与那些将诗歌当作生活调料或故作轻松的态度是多么不同，而与市侩则有着天壤之别。我想再次引用薇依的话："我们的现实生活四分之三以上是由想象和虚构组成的。同善与恶的实际接触寥寥可数"（《重负与神恩》）。正因如此，大多数人的沉默是可以得到宽恕的，唯独诗人在关键时刻对真诚的背叛应视为可耻。

诗中的"我"并非现实中的真实受难者肖像，而是高于自我的另一个。他被孤独无助的人们所注视，他或是本雅明的历史天使，或是传说中的得道神仙，或是终

极者，你可以用想象去延伸和补充，只要不是出于谵妄就行。但或许最重要的、值得我们铭记的事情是：有一个可将"真实的秘密"相交托的"讲故事的人"，那故事如鲁迅所希望，将是一个"好的故事"，因为"发生的一切都将是神的赐予"（荷尔德林）。

宋琳

2018 年

目　录

辑二

辑三

5

辑一

一只冬天的鸟

一只冬天的鸟
和水
面面相对

它收紧自己的身体
像一个染病的
可怜的女人
寻找羽毛的温度
温暖和冬天的气流
相互驱赶
又彼此渗透

一只黑色的鸟
和遗落草地的
线团一样

丰满　孤零
射出
微弱的光波

一月的阳光
是否照亮了
小小脑袋里
悲观的思想

它的静穆令人惊心
那只冬天的鸟
漠对过往的脚步
陷入沉静
如陷入
黑色的泥淖

那会是一只鸟吗

是的，那是
一只鸟

一只

寒冷和阳光的

争夺中

存在的鸟

一只黑色的鸟

唯有欢乐和惊恐

会让它飞翔

20 世纪 90 年代

匮乏年代

我们在雪地上
追踪脚印
一行人的
一行猪的

感谢上苍
没有太阳
也没有雪花
这是我的猪
我敢肯定

跟过
一个山坳
一座石桥
一片结冰的水面

跟进一座
孤独的村庄

跟过
一个冒烟的烟囱
一棵苦楝树
跟进一座石砌的院落
一扇香气扑鼻的屋门
一个饭桌

桌边坐着
一个温暖的家庭
一个满足的家庭
他们的肚子轮番发出满意的歌声

我跟踪至今
找到了
一堆各式各样的骨头
干干净净的骨头

我开始哭泣

不知因为快乐

还是因为伤心

20 世纪 90 年代

水果店的黄昏

水果店的老板娘
又在擦拭她的橙子
她挨个擦拭
动作
温柔而优美
像在重温
失落已久的
手上的感觉

她眼神邈远
越过圆润的橙子
栖落远处
有什么倏然滚动　　在
皮肤的内外
沁凉或者温暖

她逐一擦拭

直到果皮干涩

在黄昏的褶皱里

发出安静　而

孤寂的光

她把最光洁

最圆润的

放在了最上面

然后

关上店门——

欢迎明天来买

我的橙子

1999 年

经历：点播玉米

结实的金色饱吸阳光和黄土。它们附着在棒子上，一排一排，像种玉米人黄澄澄的牙齿。因为劳动，因为咀嚼艰苦的岁月，因为与土相连的或悲壮或委琐的逸事，种玉米的人牙齿脱落了——这一切总被忽略不计。牙齿是宝贵的，可它们不能繁衍后代，而玉米能。

这些金色的颗粒缘着我们的指端，从棒子的胴体上纷纷脱落，相互击撞而迸射，发出珠玉的声音。在这里我们体验了满足，它为另一个全新的希望筹足了种子和信心。

三月在脚下匍匐。我们的脚，又要开始一次漫长的赤裸。每一根足趾在泥土上尽情舒展，感受温度、湿度以及松软之中蕴含的旺盛地力。这土为我们而生，我们也为它而生。它是我们苦役的证明，同时也是我们奢侈与享乐的证明。没有这些绵绵的土，这些永不消失的大块的土，我们还能指望以什么方式托付今生？

我和我的兄弟们在土中移动。我们的年纪不大，脚掌已经不小（这种宽度一经划定便很难更改，多年以后，我混迹于离开泥土的人群，改变了说话的腔调、装饰、色泽——这多像一次化装舞会——可我的脚改不掉，总找不到合适的鞋子），它支撑我们，使我们不至倾倒。

我从左手挽住的藤萝里拈起数颗籽粒，不用借助眼睛，就能准确射入鹤嘴锄掀开的小小坑穴，然后驱土，踩实。不停地重复如是。金色的籽粒画出的射线，在阳光下闪动，像声声脆亮的鸟鸣。

数日之后，叶芽齐齐地揭开土层的幕布，出现在早晨的戏台上。不论当初如何睡在土里，走出地面，全都茁壮向上。当它们的身躯像踏着阶梯步步升高，我的感觉……我们的感觉……多年以后，我终于重新找到了它，那是儿子们出现了第二性征的时候。这不是比喻，它们或许，根本就是一回事。

20 世纪 90 年代

牛

灌浆的麦粒透过麦芒的触针，刺探满天阳光。一个麦穗是一座袖珍之塔，是精美绝伦的建筑，缩印着这个世界古老而崭新的美学。因此，它肯定是深刻的。母牛此刻经过，头角进入晴空，漂泊的阳光散出满身的体温。母牛哞哞赞叹，晃动硕大的脑袋。她的毛发，曾经十分光洁，因为雨水，泥，和生育，而斑驳了。依然是美的。

一头崽牛尾追而来，斜着肩胛冲刺而来，这个任性的少年，潜入母牛腹下，像跨进家门一样自由，一样不可一世。母牛就是它的家。家里有满满的乳汁，从青草化来的乳汁。母牛一点也不拒绝。

母牛转动眼睛，美丽的眼睛，多么合适地配在宽阔的头上。这么美的眼睛，很少被人迎视，但肯定时常盯视人类。为了什么？我不知道。

有一次，母牛触忤了我可怜的尊严与权威，我将手中的荆条用力挥起，又重重落下。母牛微微收缩臀部，却并不逃避，神情不解而沉默。草茎在齿间错动，外溢的白涎，挂在下唇上。

它就那么看着我，嘴在夸张地错动，神情不解而沉默。直到我的心收缩起来。

那时我十岁，是牛的王，也成了牛的朋友。

20 世纪 90 年代

安放

餐厅安放饭桌
卧室安放床
窗玻璃上安放
四季的风光

什么地方
可以把爱情安放

天空安放星辰
大地安放江河
草地上安放羊群
和晶亮的阳光

什么地方
把惶惑的日子安放

2003 年

思念

一片鸣叫的小虫

把我托举

托举在夜的半空

睡眠的半空

这个寂静的黎明

我又一次醒来

在这个可以清楚感受

边界的时刻

中秋之夜

我如此强烈地感受到了渴望

关于爱的

关于生的

2003 年 9 月 12 日　凌晨 4 时

凌晨四时的火车

又听到了火车
听到微光下黑色的石子
听到霜下瑟缩的
暗黑的青菜的呼吸

听到拥挤的城市外
空荡黑沉的旷野
听到晃动中混乱的鼾声
听到别离与相聚
听到兴奋与焦急
　　欢喜与伤悲

又听到了火车
听到欲望
听到欲望驱使下人的表情

听到一生的奔忙与辛酸

也听到

泥土背面

无数双

被声音震醒的

灌满泥土的眼睛中

最冰冷的困惑与绝望

以及对人生的追忆

与永不可回

2003 年

疲惫不堪

在深夜看到

窗外的月亮

可是我没有力气

把它拿下来

甚至

没有力气

把它写下来

2003 年

我喜欢那些穿平底鞋的南京女孩

她们有着白皙的脖颈

或许还有着

乌黑的发辫

素净，温柔

棉布下

臀部的线条丰满光洁

发出自然的摆动

2003 年

致宋琳

路过天涯
回到起点

那高高擎起的
那轻轻放下的

路过凹陷的矿山
那你曾埋下的，开出了大片野花

深重而往
轻盈而还

心意的触须涓涓
指向远方的湛蓝

挚爱是命运
寂寞是它的姐妹

愧疚非为肉身和亲爱的人
而是年代和其中抱憾的青春

2018

火车

又听到了你的声音
夜晚因此而沉静

我不知道你往哪里开
就像我不知道今夜梦里
会遇见谁

但我可以看到
你眼睛里的惺忪
我对你熟悉有加

我知道，在夜色下
灰白的面孔
如何一闪而过

今夜我静躺在屋顶之下

感到你隐隐的动

就像一种生命的体验与渴望

就像惶恐

我想到那些

比轨道更远的人

他们的生活和挣扎

即使我爬上火车

也不能一一打开

那些未知的地域

也不能为悲欢的生活

带去更多

当我慢慢苍老

火车的声音

会像刀子一样

唤醒我的记忆

那是悠远的

眷恋人生的记忆

2003 年

深夜我听到剑在墙上鸣

深夜我听到墙上的剑刃
发出锋利的声音
像一条飘动
缭绕的风絮
也似水中的血丝
那么缠绵

这是在意念中
削割自己的声音

一把锋利的剑
一道寂寞的剑刃
在自我的消耗中
虚度着光阴

2003 年

爆炸声里的伊拉克母子

幼童在问

妈妈，那是什么？

那是爆竹，孩子

妈妈，爆竹怎么这么响？

孩子，这次不是爆竹

而是汽车的声音

一个绝望的母亲

想用小小的

谎言的风

吹走孩子心中

恐怖的灰尘

2003 年

外婆

外婆的棺木备得太早了

来世的房子

像一个魔术箱

通过它

不多久

我的外婆

你又会变成

一个美丽的少女

回到人间么？

你七十岁离去

五十岁就做好了准备

它被随处安置

让我害怕

也让我心疼

最后放在了我的隔壁

放上了玉米

谷壳

还有一些干草

外婆

这是你生活中的主要相关之物

相关的还有我

你闺女的儿子

我不是玉米

也不是谷壳

也不是干草

我是你的孩子

虽然害怕

我还是经常过去看看

如今我已经做了父亲

我该怎么和我的孩子描述你

我的外婆

一生一世

你惦记着很多人
先人和后人
而属于自己的
奢侈品
那让你心里安适的
只是那一只
涂成了黑色的
首大尾小的
箱子

外婆，这首诗无法投寄
我也许不该写下它
因为
你不认识一个字

2004 年

城市中的悲伤面孔

一个人
哭泣着走过
就是一个人
哭泣着走过
没有谁会留意
他或她
或许有天大的悲伤
对于喧闹的城市和它的神经
一个人的悲伤
激不起一丝涟漪
因此我看到
某个人只有悲伤的面孔
而没有声音
倏忽就闪过了

2005 年

在钟山山巅

在钟山之巅
没有豪情万丈
左手虽然插在腰部
右手尽管挥挥帽子
做扇风状

左下方是陵寝蓝色的琉璃
右脚下是一座悠久的城邦
隔着淡薄的雾霭
我看见了泥土下锈红的王气

而我更愿想想那些
美丽的细节
多少兴亡
多少糜烂

多少阴谋

多少哀伤

多少暧昧

多少脚气

散布在这个

伟大城市不同的地点

它们把这个城市

共同缔造

每一个部分

都无法切割

2005 年

我看见幸福

我看见幸福

幸福让我能够看见它的样子

是的，幸福是一种样子

一个镜头

瞬间的颤动

许多人装出幸福的样子

每个人都可能幸福

因为幸福是一种样子

之所以能够看到

是因为幸福有一种样子

2005 年

思念

若有若无
就像深夜的小虫子
在我体表
若有若无
你觉得有的时候
它消失了
你认为消失了
它又回来
思念就是这样的

思念就像这些深夜里
飞来飞去的小虫子

2005 年

槐花

槐花落在头上和肩膀
是干净的
它发出的声音清脆
像这里那里小小的争吵

我正走在熟悉的道路上
心里充满自足与恬适
幸福就是这样一种感觉
脸上吹着干净的小风
黄昏的槐花落了一地

2005 年

从前的友情

穿过一片麦地
我们去羊肉店
田野间的肉铺有烘热的泥墙
路上残雪发出悦耳的声响
驴子和羊若无其事地咀嚼干草
离肉店只有五十米远

住在田野间的小镇
诗人白天招待我羊肉
夜晚招待我寂静和满满的星光
而在夕阳西下的那一刻
招待我古运河边印上爱情的泥
和印上心头的忧伤
铺天盖地的黄昏
有看不尽的苍茫

青春就在这样的路上

一路地向前奔着

一路地向前看着

一路地向前消失着

直到失去了

不顾一切的方向

2006 年

生活

起初我感到陷于污泥
并感觉到它的存在
以及与它微妙的距离

后来我感到自己在融化
在把它接纳
并化成它的一部分
或者是它
成为我的一部分

如今我就是一摊污泥
和其他的污泥
没什么两样
和谐相处
不分彼此

污泥并不嘲笑污泥

生活的功绩
就是可以把一个人
成功地变成
一摊污泥

2006 年

像 MSN 标志的两个人

像 MSN 标志的两个人
像两个恋爱的人
像两个迷恋游戏的人
从一个小时前
到三个小时后
他们还像两个 MSN 的标志
我看到背影
在三月冰凉的石凳上
石凳已和体温融为一体
这两个像 MSN 标志的人
从六点多
坐到九点多
原先没开的海棠
差不多都开放了

2006 年

生命的季候

生命已到了这样的时候
看到美想到怜悯
想到惭愧

这个如月光般清澈的女孩
虽然也夹杂着朦胧和欲望
一些小小的心事和恶习
可她仍在成长
她的美依然像翅膀与花瓣展开
她是无瑕的
也是无罪的

哦，主
我即使皈依
也不会被你完全掌握

2006 年

一个女人在异地

担忧像蝙蝠朝出站口围来
出站的女人有一百双手
也挥不去暗色的恐惧和孤独
她拿出贴身的镜子
亲切得就像见到一个老家的人

沮丧也随之湿重，如雨中的行囊
使她软弱并渴望支撑
异地的孤独
已被容颜的坍塌遮蔽
她左顾右看
寄望镜子
带给她在此地
开发自己的勇气

2006 年

海安之夜

所有的路也才修好

有匆忙安置的路标

灯光割过

浓黑自然缝合

前方迭现梦幻的细节

一只狗细步而过

姿态如一只虫豸

又一只狗小跑而过

姿态亦如一只虫豸

夜行的人

像光着膀子的虫豸

昂然行走

或盘膝而坐

中夜的海安

裹在巨大的黑色里

我们只能瞬间揭开

这些小小的角落

又让它迅速缝合

2006 年

带着伤口游泳的鱼

一条鱼有着明显的伤口

一条鱼在游动

我看到它摇动的尾巴

我看不到挣扎

一条鱼带着伤口

一条鱼的伤口被缝合

它在游动

就像什么都没发生

它的小嘴一开一合

它的眼睛睁得很圆

2006 年

黑色

梦里生长的黑夜
比倾倒在地上
爬行的油漆
还黏稠
还重
我打开灯
也只能把它
擦去一点点

2007 年 5 月 17 日

四只发现了水的大雁

四只远飞的大雁
终于发现了水
它们朝它降落
黎明的水
有刚刚醒来的反光

2007 年

月光奏鸣曲

此刻
月亮照在南京
照在紫金山
栈道和脚下的流水
照在我
照在宋琳和马童

照在我的额头
稀疏的头发
照着我们的记忆
照着夏天频急的雨
女贞子和栀子花
那被压抑着的
那压抑不住的

月光只用一小片
就证实了我们的行踪
我们的劳顿
渴望以及失落

月亮也照见
我们的清癯
一如往昔
但面对月亮
我们毫不陌生
面对月亮
我们也毫无愧色

2018 年

年初二致洗尘

我在江南的角落发短信
窗外的阳光可亮了
它从一阵风中透过来
风走了
阳光还在

我往肇源发短信
肇源，北方之北
电视上说，气温零下二十四度

地上有路吗
天上有路吗
我忽然担心
这些飞在天上的文字
因为严寒

会像一只只鸟

冻僵

雪粒一样

掉下来

这些天

一直没有你的消息

兄弟

你好么？

2010 年

西吉川的马铃薯

西吉川的马铃薯
冻土下的块茎
风从土层上吹过
叶子在地表枯萎

西吉川的马铃薯
你是多么孤单
如果就这样留在土里
你就像没有出生过

西吉川的马铃薯
太阳落山了
双层的黑暗覆盖
安静像毒气令人窒息

你多么想
到温暖的世界旅行
你也希望发芽
做一个可以开花、繁育的
马铃薯

你的身姿沉重
你也渴望有婀娜的舞姿
因你有光滑的容颜
和温暖的内心

西吉川的马铃薯
离开了故乡
月亮升上来了
照着不明朗的命运

在漫长的晃动中
西吉川的马铃薯已经晕眩
相似的面影下
谁在意一颗马铃薯的过往

在黑夜中

是谁一路在唱

我的家在西吉川

我是世上最善良最纯真的马铃薯

2013 年

念故乡

如果我们的思念不涉及阳光
七月无遮挡的热源
以及大片绿色的稻田
不涉及小径通向的寂寞与幽静
衰老的巷陌和低矮的屋门
你思念的就不是故乡

如果不涉及柴门里走出的人
飞来走去的鸡
慵懒而蒙昧的家犬
缓慢行走的牛和悄悄美丽的苦楝
——那无人夸过的苦楝
不涉及打开了门
就飞向远方的姑娘
以及姑娘在远方的眼泪和孤单
不涉及她们的卑微的期盼

不涉及她们握紧的小小的幸福

与手心里的汗

不涉及她们嫁了人

不涉及她们最终回到家乡

建起新的房舍

你就不是

在思恋故乡

如果不涉及这些人

最终都老去

她们的孩子已认不清

通向祖先的小径

不涉及龙钟迈不开的双腿

躲在屋檐下看雨和听风

听寂静的过往

再多的苦难也不能改变他们

对人世的肯定与留恋

那就不是在思恋故乡

2013 年

乡愁

蜷在座位上的姑娘

怀抱着乳房入睡

她的轮廓是忧伤的

那是我故乡的乳房

窗外成熟的玉米

有着绵绵的香

因此那也是

我故乡的忧伤

2014 年

花事

风吹屋前桃花
风吹日历的页面

春天，这大地的催乳师
让土地迅速发胀
干枯的枝条也被充满
那些缺口，那些娩出花朵的通道
精灵们已经准备出发
而姑娘们
已决定去恋爱

我是一个诗人
我知道这些事

梅花比樱桃花早

樱桃花比樱花早

樱花后面是海棠吧

再往后，大地的节律就有点乱了

在城垣旁边

在水之畔

飞鸟缭乱地飞行

在恋爱的少女

和比丘尼的目光中

花朵们开始了

一生的旅程

2015 年

感谢

我时常感谢有米
有水和阳光的日子
我也感谢爱情
和好年华

感谢白天有小小的争吵
感谢夜晚你的长发
依然安详地铺开

我感谢窗外
偶尔飞过的鸟
感谢雨顺着树枝向下滴落

我爱着这些
我们生活的世界上所有的一切

我也爱你

绵绵不尽的忧惧

与烦扰

2015 年

思乡曲

好枣子

可以吃出枣子树的味道

可以吃出枣子树下

黄昏炊烟的味道

可以吃出炊烟之后的夜晚

村庄寂寥的味道

细细品味

还有小心翼翼的爱人

在林中相爱的味道

进而吃出

一整个童年　以及

一整个家乡的味道

2015 年

两手空空

做完了计划中所有的事
手掌一片空虚
树林边缘，一片朝上的树叶
有着同样的宁静

在世界上又度过了
一个中午
内心的林地升起了薄雾
我问自己，该到哪里去
另一个声音
却迟迟没有响起

2015 年

读传记

从头到尾，四个小时
她的一生走完了
我的哀伤
无以名状

2015 年

忆昔少年时

穿行在密密的高粱地里
采集枯叶，恐惧和兴奋是无边无际的

在阳光照耀的河水中裸露瘦小的身体
因而肤色是均匀的

我们的求知欲也指向任何地方
比如向驴子学习清洁口腔

在女人们的身后
我们甚至向风，学会了爱情

2015 年

深夜醉酒的人

深夜醉酒的人
多么想把自己的路走好
他的心充满自尊
当车子亲近了栏杆
他就势坐了下来

他重新骑上了车
经过绿灯
还特意停了停
然后他再次跌倒
他告诫自己保持
最大的优雅与从容
且不必惊慌
一个深夜醉酒的人
有什么惊慌呢

更不绝望
只有少许笑意
固定在脸上

他当然也希望
路能走得直一点
他也能看到
所有的路人
骑车的人，开车的人
都在把他避让
他觉得这个夜晚
十分美好
人们宽容又有素养
星星在头顶也十分友善
道路也有着足够的宽

哦，深夜醉酒的人
再一次跌倒
他感到了羞惭

没有人惹他

也没人问候他

甚至

在路的尽头

也没有人等候他

2015 年

红皮土豆

多年以来，我一直在寻找土豆
按照以下的线索
红色
不规则椭圆
带着细细的泥沙

多年以来，我找到了很多土豆
像一只猕尝试浆果
并一一否定了

多年以来，我总也
找不到那样的土豆：
粉红的，不规则的椭圆

因为那是妈妈种植的土豆

那是妈妈刚从泥土中挖出的土豆

那是妈妈清洗

烹熟的味道

妈妈丢失了

妈妈不在了

我的家在田野中

我家的灶台

离土豆地，只有一米之遥

我的母亲在泥土中

我的母亲曾在泥土之上

为我们做着一切

包括种植，并烹制土豆

妈妈，多少年了，我再也没有

见过那种土豆

我再也没有亲近过那贫瘠中

那最真切的依恋

那人间生活

妈妈，我想你

2016 年 11 月 12 日

几何原理

从〇进入〇
你进入多少
就被进入多少
甚至可以完全融合
一个消失于另一个

几何与人世多么不同呵
比如一颗心
和另一颗心

2016 年

未来的旧时光

穿白色长裙的女人站在路边
为我指引通向春天的路线
她掌管着大量的颜色
大量的暖风
大量少女，和她们曼妙的身段

经过这个路口
她给我看人生明亮的色谱
收走了夜晚的孤寂和黑暗

因此我爱上雪，就像爱上一个人
和她身后讳莫如深的命运

穿黑色长裙的女人站在路边
为我指引命运转折的路线

她掌管着大量的秘密

大量微笑背后的伤痕

大量夜晚，和时钟无休止的敲击

她是一个害怕未来的人

她把全部的爱意给了虚空

我被她们同时接纳

我同时拥有了两个世界

亮与暗，暖与凉

2018 年

2018 年的雪地

早起，我像一只动物望向窗外
只为了辨别天气，雪是否停住
我比动物多一点记忆
也多一些忧愁

在早起的冬天的早晨
一个人也会比植物考虑得更多

杉树上的鸟巢里堆满了雪
它们一直在动
而在它的下方，一只流浪的狗
像一只肮脏的拖把
柔弱，乖巧，充满乞求
因为闲情，或是饥饿
它在舔舐雪

从前我关注人类的孤独

而今我体会到他们的脆弱

2018 年

荞麦
——致宋琳

在秋天，山坡与羊走过荞麦地
荞麦白色的花朵里有浅浅的粉彩
薄暮笼罩，这壮观的风景易受忽略
远处的河水在云端下若有若无

转过命运巍峨的黑森林
金色耀眼的谷子地
大片自由而寂寞的生物辽阔无垠
这微末的，这白色带粉彩的

像每个渺小的文字
形成的语言的矩阵
像山坡和羊漫过每个黄昏
头顶上，蝴蝶舞动着预言的微风

山坡与羊漫过了荞麦地
繁花已落，果实充盈——
白色的花（带粉彩的）
黑色的籽实

2018 年

恐惧的繁衍

恐怖被逐级放大
每个人出于恐惧
都多拿出了一些
传给下一个人

哦，深夜，寒冷蔓延
多盖住一小片，都是幸福的

你摸到了骨头
因此把人看得透彻了

让恐惧的传导
到我们为止！

2017 年

无题

把冰放在胸口
把手放在另一双手中
把悲伤放在舌尖下面

时光中累积了如许悲凉
如许落叶和分离的创伤

这一切，因为怀抱太久
已变成温暖海洋

2017 年

辑二

一块冰凌走在路上会见热

一块冰凌
走在路上
会见热

一个奔放
一个羞涩
因为爱情
他们变成了
什么

20 世纪 90 年代

七月里的两只甲虫

红色甲虫
平平常常的甲虫
一只在路上移动
另一只
在流汗的树荫里

一只甲虫
侧身张望
发出声音

它们彼此吸引
仿佛曾经相识

一只甲虫朝前移动
希望另一只等它回头

20 世纪 90 年代

南京的阳光

这一刻
南京的阳光
从容
慵懒
带着桂花的香
它照在
只照在那些
心怀着爱意的
人们的脸上

2003 年

两个初恋的人

你们家也种番茄吗？
是的
番茄怎么种的？
番茄嘛，就是在土里种的
像辣椒一样
它不是长在树上的吗？
不是的

2003 年

梅花引

你是那么轻
轻得像粉尘
像一阵小风
被风吹走

我爱的人
你的衣袂那么重

2005 年

扑通扑通

拉一拉手
她就会跑出去好几米
碰一碰手臂
她会跑出去更远的几米
她跑得惶然
显然也跑得开心
到底是什么
只有她自己知道

她显然希望再次受到触碰
有意的或者无心的
虽然她会跑出去好多米
最后还是会停下来
等你拉完她的手
她好再次跑出去

2005 年

暖意

我依恋你

不是因为你的唇

上唇和下唇

不是因为命运

凸起 和凹陷的部分

而仅仅因为你的手心

温暖

温暖里的

温柔

我触到了你的手

知道你的内心

不再是冷的

这一点

真是让我

欢喜极了

2010 年

算账

我不能抱怨什么
我也爱过
我也恨过

比起恨来
爱还是要多一些

比起冷来
暖还是要多一些

比起爱的烦闷
爱的欢愉
还是要多一些

2012 年

爱

总要谈到远行
总要谈到分别
总要谈到柴米油盐
总要谈到生儿育女
总要谈到床上床下的距离
哦，当然会谈到安全期

总要谈到敬畏天地 长幼有序
总要谈到老来的孤独及入土为安
总要学会接受
一些人提前离席
天上和人间
由距离迢遥
到合而为一

2013 年

夏日黄昏

我们如此亲密
我身上的虫子
到了你的身上
你身上的虫子
也顺利抵达我的肩头
我们在一起
仿佛就为了
交换虫子

我们就这样看着太阳慢慢下山
就像不知道虫子的存在
直到它们
自己离开

2014 年

每个人都有一条小尾巴

故乡就是
我们的尾巴

爱情也是

走到哪里
我们都拖着它

2015 年

即景

整个下午，我都在看
南京的落叶
它们一片一片　从树顶落下
我特别记住了一种
叫作梓木的树
我也记住了从我面前走过的恋人
他们的围巾
散发的温热

2015 年

两只青梅竹马的小狗

把你柔软的前蹄

放到我嘴里

我轻轻地

让你有感觉

却不会让你疼

我们是好朋友

好邻居

我怎么会让你疼呢？

来吧二丫，现在

请你也咬住我的蹄子

2015 年

祈祷

每天早晨，我开始祈祷
给我一片蓝色天空

每个夜晚，我开始祈祷
给我安静无波的梦境

走在路上，我也祈祷
让我遇见一个，像你这样的女人

无论太阳朝升夕落
我都在祈祷——

让我热爱的所有人
都从幽冥中苏醒

2015 年

扬子江歌谣

多少年后我还记得
你在路上
你在扬子江上
你在扬子江的桥梁上
风追着你的头发
让它们如旗帜飘扬

风追着你的裙子
让优美的岁月凸显
风也追着你的影子
你的影子仿佛渴望飞翔

风吹着你的心
让它起伏
如受到惊扰的动物

亦如花园荡漾

而此刻太阳落山
月光照耀
你的胸口银白
如明亮山冈

2015 年

微笑

爱着的人离去了……
她的脸上挂着
神秘的微笑

那多年前微笑的样子
他喜欢的样子
像青藤
固定在墙上

你看不透
一个女人的欢乐
和悲伤

2016 年

待定题

我要送你的水果
还在树梢成熟着

我要送你的爱意
还在心底踟蹰着

我担心时间还早
我担心时间迟了

为了写出好的诗句
我每天走着这一条路

如果离开了你
我的心一无去处

除了这柔软的内心

我此生一无可取

2016 年 11 月 11 日

告白

花，今天晚上
我遇到一个人
并跟她走进了黑夜

此刻我在抽烟
非常伤心
非常想你

我是多么爱你
可是我却和另一人
走进了黑夜

我多么伤心
多么想念你

花，我看不清她或他的样子
一个人的黑夜，加上另一个
是更黑的黑夜

花，我非常伤心
花，我非常想你

2017 年

文身

她在眼边画了梯子，世界上最小的梯子
是用来擦拭眼睛么？

她在乳侧文了樱桃
是暗示摘取么？

而斧头，一个姑娘脸颊的斧头
白色的刃
一定是对往事的决绝了

2017 年

一只小驴

每天早晨你在草地上舔食露水
而有月光的夜晚
你总是尥起雪白的四蹄
那是你无忧的舞蹈吗？

你喜欢奔跑
在无人的空地上
面积广大但护栏依稀
你在跑动中，长大了

事实上，所有的无忧
都在忧虑中完成
你拒绝承认长大
你的奔跑和舞蹈更像是挽留记忆

一种缅怀

一种绝望和无谓的挣脱

今天，你停留在月亮的影子里

应是在细数，快乐或疼痛的堆积物

2015 年

小说家和白月光

你是最后一章出现的人物
又匆匆离场

白啊，你是我故事里多出来的人
也是现实中提前离去者
美也会让人悲伤啊
就像天空的蓝
和垂挂的月亮

2018 年

在春天，眼神上挑四十五度的女人

请不要打扰

眼神上挑四十五度的女人

她正在怀念青春

2018 年

辑三

战国女士

战国女士
手提裤子奔跑
如果没有裤子
就提着裙裾奔跑

因为匆忙与惊慌
来不及去找一根
合用的带子

战国女士
脑子一片空白
她的夫君
躲到了背风的地方
战争的界外
捻动厌战的胡须

像一株细柳

拴不住战马

也经不住砍伐

战国女子

恐惧又孤独

她的名字叫阿花，银飞

或者叫招弟也很可能

她是一个结实的女子

脸庞红润

虽然提着裤子

仍然一路领先

叫某某的战国女子

倦了

她透过野花

看难民潮涌

一队士兵从旁边经过

她怒火中烧

像一匹母兽

冲出花丛　便
被一匹白马载去

这就是多少年前的
战国故事

发疯的考古学家如此记录——
战国女士
滑进泥土
一则故事
下落不明

20 世纪 90 年代

早晨通过一匹马的身

从一匹白马

草叶状的耳部

从额头

从双目

从唇吻

到鬃毛

穿过身体

一匹意念空无的马

像一片雪地

纯白

双目

是割开的小小裂缝

天上飘过一只月牙

像被割掉的一只马耳

20 世纪 90 年代

假如，去看一朵中国梅花

假如去看一朵
中国梅花

陶器里的梅花
瓷瓶里的梅花
铜镜中的梅花
折扇上的梅花

水上的梅花
月下的梅花

眼角的梅花
掌中的梅花
指端的梅花
鬓边的梅花

黑色的梅花

白色的梅花

黄色的梅花

红色的梅花

处子的梅花

老媪的梅花

晴天的梅花

雪地的梅花

静止的梅花

走动的梅花

轻轻吐气的梅花

渐行渐远的梅花

假如你去看

假如的

一朵中国梅花

20 世纪 90 年代

中国姓氏——李

青李子
红李子
东家的李子
西家的李子
南家的李子
北家的李子

李子、李子
像一些肚脐
含蓄为上
李子、李子
挤满树枝
又掉了满地

青李子

红李子

小李子

大李子

眼中的李子

口中的李子

李子中的李子

李子核—— 一棵新李子

20 世纪 90 年代

坡上的马

坡上的马

一匹马，两匹马
三四五六七匹马
一匹马

网状的马
透明的马
从一个空门
到另一个空门

草的皮
擦着腹部
坡上的马
腹部光滑

坡上的马

腰椎凹陷

蓝天轻，欲念重

坡上的马

眼里开遍野花

20 世纪 90 年代

白马

白马穿过池沼
白马唊唊
白马逝去

白马在异地兀立
唇吻碧绿

白马的头
像一截木桩
斧斤斫伐
不会飘散木屑

20 世纪 90 年代

钟乳石

巨大的水滴
悬垂于幽暗
多少年

指尖感觉
粗粝的物体
冰凉
坚硬
它们，正是时间
看似柔软
却坚硬异常

20 世纪 90 年代

簪花的女人

簪花的女人在六月
六月可是晶晶亮
簪花的女人
额上绰约的荫影

簪花的女人
修长而起伏

簪花的女人
是季节的精华
她使爱人的心
爬满欣喜和青藤

20 世纪 90 年代

枇杷树下的女人

枇杷在上

影子在下

白色的女人

用额头微笑

用肩胛微笑

悄悄的快乐

一丝小风

就能吹跑

相信幸福

在等待里等候

像果核

在果子里驻守

20 世纪 90 年代

需要一个借口

我知道

你在找书

跪在地毯上

看书架的

最下层

立在凳子上

翻书架的

最顶端

你的鼻翼

沾染灰尘

我看到

因为找书

你很兴奋

喂

看看这本怎样

你从凳子上下来

不翻我

只翻书

随意一放，说

谢谢

我要的

不是这一部

20 世纪 90 年代

沙漠中的葵花

如果没有这朵花
她可能不会开窗

沙漠像一块粗糙的皮革
缝在她迟钝的部分

葵花从窗外闪过
她从窗口飘过
忍耐粉身碎骨

20 世纪 90 年代

瞧见一个飞车的人

从夏到秋的路口
瞧见一个飞车的人
白亮的衣裙
白亮的皮肤
像一块
穿过空气的
白亮的瓷片

20 世纪 90 年代

灌木与矮脚马

矮脚马
轻轻
起伏

一丛灌木
轻轻
起伏

20 世纪 90 年代

事故即故事

警车跳进了谷底
沙子把它收留

警察浑身破碎
完整地钻出车门

囚犯在沙里呻吟
低声地唤水

20 世纪 90 年代

镰刀与稻子

镰刀举起的时候
稻子倒下来
眼睛望过去
爱人走过来

阳光镀过的稻子
比鸟窝还温暖
阳光晒透的爱人
比稻穗更结实

从稻堆中站起
把镰刀捡起
现在继续收割

镰刀走过的地方

稻子倒了一地

20 世纪 90 年代

丑妹妹

丢下我的妹妹
在山里边
我的丑丑的妹妹

丢下我的妹妹
在山里边
我的苦妹妹
她自己长大

我的俊靓的妹妹
我的丑妹妹
她来到面前
我家的小榆树
已找不到影子

20 世纪 90 年代

简单的爱情

每次回到老家
总有一排鞋子
等在炕上

这回，她只拿出一双
然后背过身去
我知道，这次的分别
不是太短
而是太长

我不说什么
拿起扁担
就去挑水

她肯定心满意足

面孔发烫

对自己说——

这个人，心还没变

20 世纪 90 年代

马铃薯兄弟

马铃薯兄弟
使土地裂口
马铃薯兄弟
钻出地皮

马铃薯兄弟
聚成一堆
马铃薯兄弟
又四散而去

马铃薯兄弟
马铃薯兄弟
一辈子说不了几句话
如果愿意，准能
把行人绊倒一地

20 世纪 90 年代

自言自语

你比什么都美
像地上
太阳下
展开的棉花

七月的天气
我在行路
你比棉花
还要好

20 世纪 90 年代

142

棉花

土献给我们谷子
还有棉花
茸茸的棉花
把自己张开
洁白地垂向土地
像一面面
恬静的小旗
像
一节节
受伤的指头
在风中颤抖

20 世纪 90 年代

春日

一些小蛇
在油菜花下
它们浑身圆润柔软
像一截截水管

一些游春的女孩
走过油菜田埂
她们快乐地惊叫
因为小蛇
从她们的腿间
游过

20世纪90年代

水库

将巨大的弧线张开

鱼儿们在冲撞

高高的坝堤

暗淡的天光

声音收进鱼的尸体

我去寻找

那个童心的堡垒

看见

我的童年

躺在一块青石板上

20 世纪 90 年代

受伤的手指

因爱受伤的手指
残留着芳香
记忆如此深重
我时时想起
想起你的时候
我就去
亲吻
受伤的指头

他和它
都病了

20 世纪 90 年代

一些没能表达出来的东西

花，我十五日那天回去

我想弄根好绳子

把你 × 住

我识字不多

右眼坏了

就写到这里

让小古给你念

20 世纪 90 年代

与亚平注视一只老式柴油发动机

像一只被敲击的黑犬
那家伙开始哼叫
伏卧在船首
不像因为爱情

它精瘦如柴
牙齿龇露
骨骼高高低低

面对这种艰难的安排
我们相视而笑

觉得一只老式苏联货
真是乐趣无穷

20 世纪 90 年代

中秋

我把你当成脚步谛听

我随意走着

露水在肩部栖落

湿黑的月影如洞

凉意袭来

流向薄薄的房舍

心在其间居住

孤单的蜻蜓惊入视线

虫吟四起

水纹浮起静谧

一切的距离都在缩短

一切的界限终将消失

遨游于一个巨大的空间

经受一次荣耀的触抚

月亮描我，虫吟描我

朦胧而又清晰

我欣慰逗留

欣慰转去

草会一如往昔荣枯枯荣

一次心心相印的经历

所有喧噪潜入水底

感觉一波一波膨大

温暖的稻田

在近处体验丰稔

20 世纪 90 年代

剖面

我看到我

头颅的横切面

倾倒在一个土堆边

那是一个树墩

被摆布的形状

我看到自己

蠕动的思想

语言

欲念

我看到

许多不明物体

疼痛使它成为

切面

在秋天的一场风后
它的表面
贴满沥青

我像关上
一只老式留声机那样
将它遮蔽
然后离开

20 世纪 90 年代

春秋

春秋时节
春天和秋天的时节
大户人家的屋漏了
小人便携草
登上人家的屋顶
贵族啊贵族
你家的院子好干净
你家的牲口好肥壮

20 世纪 90 年代

背后

村庄在一棵树的背后
鱼在水的背后
黑夜在白天的背后

忧伤在笑脸的背后
声音在土地的背后

情人在妻子的背后
时间在美丽的背后

一生的空荡
在忙忙碌碌的背后

1995 年 8 月

154

向老车致敬

向不远处过来的
老车
向滑行的轮子
向轮子干涩的摩擦
向摩擦中的沉重与不安
向不安这个词
向词语的拒绝苍老
向老车
车前子的车

问好

老车
槐木的
柞木的

楸木的

水曲柳的

棠棣木的

就是没有

泡桐木的

（像我的廉价书橱）

都有结实的质地

我以一条路的名义

路边无限风光的名义

祝祷老车

只要不倒

就推吧

20 世纪 90 年代

大地

从黑天开始
车与马
东方的熹微
如少女一样出来

河流以柔软的身躯
平卧在春天的怀中
鱼鹰兀立在船首
以锋利的姿势
挺立

河水，少女一样分开

20 世纪 90 年代

我不怕你们嘲笑这种农民意识

那阵，我家整日谈论一只鸡

我们四处打听呼唤

它的特征因复述而发亮

黑脑袋

白足爪

我们天天谈论

直到嘴唇枯干

已是多日以后

我推开早晨的院门

那一刻，我不能相信眼睛——

一只母鸡从麦地迈出白足

身后紧随十个鸡雏

高高兴兴向我家门

它们各式各样

漂亮无法形容

像招待一个老亲戚

我的母亲赶紧

去抓粮食

20 世纪 90 年代

南京的光芒

我在北方的夜晚

透过寒冷

看见你上空

与内部

柔靡而睿智的光芒

是我的朋友们

也许还有我自己

的一些侧面

使它真正明亮

2001 年

清水小鱼

在我的家乡
在我的童年
在我的春天

你可以看到沙上
缓慢的水流
和正在生长的
金亮的小草

黑脊的小鱼
它们快乐
在小草上蹭着
单薄的身体

在五厘米深的水中

它们的尾巴
摇来摇去

有一只翻过肚皮
朝向水面上的光
让我嗅到水的气息

那是苏醒的
有点寒意的
春天的气息

2002 年

处女与鸽子

把鸽子和处女

放在一起说

是不是有一种

嫩嫩的

肉的感觉

那白白的羽毛

红色的嘴

以及

白色的骨头

2002 年

新婚的承诺

村子里的男人都很凶狠
不是天生凶狠
是生活使他们
变得凶狠

我记得
一个女人
必须依附一个男人
而挨打
是依附的一个部分

这是一个美丽的女人
即将献身
她不知道
我们躲在月光的阴影里

那个男人说
以后
我一下也不打你

女人声音含混
她一定相信了，因为
我们听到了她
快乐的低吟

过了一会儿
她说
往后你要是打我
就是驴日的

这句话
在整个晚上的记忆中
最清晰

事实上
所有的誓言

都打着问号

像这个乡村新郎的承诺

2002 年

月亮这只母鱼

人们争相前奔

朝着一个日渐隆起的身体

女性化的身体

她一点也不情色

腹部的弹性

日渐丰盈

越来越像一只体态丰满的鱼

2002 年

玉米苗

玉米苗只长到没膝高
就成了情人们的目标
主人并不痛恨那淫贱的人
只心疼自己的玉米苗

2002 年

听

在这个时候

我只听到你

你在那里

一下一下

均匀而安详

听了你的声音

感到你在动

在扑动翅膀

在啄自己的羽毛

这多么好啊

一只小鸟

就在我的外面飞过

它在叫

啾，啾啾

它在乱叫

就像一笔
写得不好的草书

2002 年

少年看一匹小马诞生

一匹挣扎的母马
疼痛让它
跪了下来

像滑水的鱼
一匹小马探出了头
然后是嘴唇
完整的脑袋
清瘦的身体

小马来到地上
跌了一跤
负重的命运
完成了传递

小马的毛发湿润
小马的四肢柔弱
在母马的舔舐下
一小会儿——

这匹小马
走路了

花生地

花生地
从你刚叫花生地的时候
我就与你相识

你粉红色的种子睡在泥土下
你一对肥硕的肉瓣分开的时候
你的幼叶
你的长在腋下的花
你在夏天照耀下的油绿

你伸向泥土的果实的触须
你扎实与内涵丰盈时的自信
你干渴时翻过的叶面
花生地
你干渴的时候

我们的干渴

你在秋天暴露出的满满的果实
你躲在壳后的红色的肉体
你庇护下的子女
被运走时的空荡
我记得凉风起来的时候
那一望无际的空荡

而希望指使我们一遍遍地刨土
发现一颗两颗被遗落的果实
没什么比这更大的惊喜
没有哪块花生地会被收拾彻底
因为一场雨之后
总会有新芽钻出土的肚皮

2003 年

春天的鸟巢

春天的树冠可以发芽
树冠上越冬的鸟巢
依然乌黑
请问
有什么办法
可以让它发芽

2003 年

春天：两只叠加的椅子

姑娘坐在他的腿上

像一把椅子

架在

另一把椅子上

他感到快乐

她也就快乐了

2003 年

月夜

这样的月亮
已经好久不见

在天空
像氤氲的露水
在地上
像是平铺的盐

想起多少年前
北方乡村的院落
院子里的水缸
水缸里静泊的碗

想起从水面取冰
想起搅动水波的少女

落在泥地上的身影

这样的月夜
很久不见
即使就在眼前
即使一样明亮
也已经不是
那时的月光

2003 年

这么清晰的月光

这么清晰的月光
照在玄武湖
冬天的月光
碰在脸上
像白银一样清凉

这么清晰而清脆的月光
一块一块
一片一片
路上横斜的
黑色的枝条
让我畏缩不前

那不是枝条

那是月亮

对大树的抚摸

2003 年

月亮

我弯着身体时
你在我的背后
我行走的时候
你就在我肩头
恍惚与严寒中
你在那里
不说清辉
只说寒光

我踩在薄冰上
将无形的冰凌吸入气管
带着你
灰白的月光

静夜

听自己的脚步回响
听万物发出
均匀而轻的呼吸
我忽然飘到了
月光的粉末上

月亮，今夜
我独自拥有你
就像多年以前
拥有的爱情

我忽然发现
你像一把
凛凛的弯刀
悬挂着
美而冷

你要割断什么？
或者警告什么？

坐在溧阳的山坡上

春天我坐在枯草的地上
畅想爱情与生命的时候
我的臀部下面
有什么在动
起先我以为是虫子或幻觉
后来才发现
那是一根
正在向上的竹笋

2003 年

黑孩子

感谢夏天
感谢你把我
变成了一个影子

2003 年

景物

雪的胸衣下，我看到
梅花处女般
迷人的身体

阳光迷乱而灿烂
雪影零乱斑驳
像冬天在收拾
慌张与凌乱的旧家私
准备逃亡

我看到早就萌动的欲望
无数的乳尖已经凸起
春天的花事
正排队
在候场的门边

我感到真切的

照彻脸庞的温暖

声音热烈的花朵

欲望与美的大会

即使在林间

即使无人欣赏

它们也照样登场

2003 年 1 月 13 日

暑假

——给于文治

从哪里

露出它的尾巴

噢，是一片野草

恣意地生长

是砖头路面上薄薄的苔衣

是小鸟们轻轻地划过

铃声消失后

弥补天空的蛛网的细丝

老校工饲养的黑色小鸡

走来走去

多么寂寞而美丽

几只知了就占据了整片天空

花开了又谢了，没有人在意

就像寂静和忧伤

又像自由和冲动

偶尔看到以上的一角

就足以说明

暑假已跨过了中点

2004 年

纯洁的事情

风掀开白色的窗帘
像解开胸衣
古筝的声音
和窗外的春天
一起开放

一些小小的美好的处女
在撩动自己的纤指
今天
没有什么
比这短暂的美丽
更纯洁的事情

让我快乐
并担心它的失去

2004 年

苦笑

我的牙疼
疼痛难忍
疼得我用手
拍击脸部
用牙咬舌头
那是真正的疼
好像一棵树
就要折断

于文治终于有机会
对自己的父亲
表示同情
他说
爸爸
你牙疼是不是

是的

晃不晃

有点

噢，他说

那大概要长小牙了吧

亲爱的儿子

此刻

我多么愿意相信你的诊断

像相信一个资深的牙医

我多么希望

能够长出牙齿

那样

我愿意满嘴的牙齿全都晃动

像一块块小石头

被底下的小草

慢慢拱起

2004 年

静

一只蚂蚁为什么要学习蜜蜂
一只蚂蚁为什么
爬上秋天的花序
一只鸟
为什么要发出
生气的声音

一只蚂蚁在草上顽皮
一只蚂蚁已经吃饱
它要带一点回去
给自己的太太和儿女

那么满足而慵懒
这一刻它想登高
想长出翅膀

它果然长出了翅膀

变成了一只

另外的蚂蚁

在树下，蛇已经入土

你有什么惊恐仍装在心中

小小的卵石

谁让你们一只

碰撞另一只

2004 年

雪地的兔子

就像一只真的兔子

伸出雪地的头

就像一只真的兔子

眼睛紧张

就像一只真的兔子

我即使看不到

也知道你雪地下的四蹄

和骨头的收缩

就像一只真的兔子

我感到毛和寒冷之间

微妙边界的结合

就像一只真的兔子

内心那么惊恐

2004 年

老家的传说

在我的老家
一个人没事的时候
是不到田野里漫游的
如果有一个老人
满山满坡地走
人们就知道
他的生命即将终结了——
那是一个种地为生的人
一个操心一生的人
对他家乡的告别

2004 年

木质的 K

在老式昏暗的楼道
木质的 K
用 K 的姿势坐着
它天天坐在那里
像一只对自己
冷笑的动物

第一笔像脊椎和臀部
第二笔像叠加的前爪
第三笔就是结实的后腿了

如果谁能说服我哪里是它的舌头
我就会倾听它的喘息
没准我也会拉拉它的手

2005 年

风中的树

多么美

在六月的最后一天

早晨被风掀开了裙子

露出晶亮的路面

和一片水塘

世界一片光明

不安也正寄托在它的身上

2005 年

秋天

修剪草地和灌木
阳光站在不远处
像慈祥的
含着爱意的人

灌木，草地
以及不远处的水
多么好
一家人
主人叫秋
剪刀咔咔
秋天疼痛
因为秋是一个家庭

十指连心

一树枝条

就是秋天的指头

2005 年

月夜

山中的木刻

在暮色降临的一刻完成

树枝残留一两枚叶子

挂在此刻

挂在月亮旁

刚好有什么在此刻开始行动

开始歌吟

那是春天埋伏在

晚冬森林内部

这个不死的别动队

随时准备内应

把门向春天打开

2005 年

记忆·村西

村西的玉米秆还有水分

叶子已经发脆了

风太猛

阳光太干

黄昏热扑扑地到来

牛背上的屁股已被磨出了水

这是稚嫩的屁股

疼痛而渴望站起

就像女人生了孩子

可牛实在太慢了

虽然吃了一天

碰到路边的草

还是要凑上去

这只能说明

一天的工夫白费了

山下的村落

是我的村落

我望着庄上升起的烟

然后从烟下回望村西

苍茫得可以

苍茫得没有指望

什么是快乐的

这是快乐的

这是很久以前的事

安静而认命的事

可是苍茫得没有一点指望

2005 年

月亮

你悄悄出现在东山
暗红的
疲倦的
不情愿的

你的小名叫月亮
像天空的小妾
秀丽而敏感

在我滞留异地的夜晚
虽然时已中秋
却暗红
疲倦
仿佛很不情愿

你在想念着谁

或在把谁悼念

人在花下走过

人在花下走过
肩上残留余花
把它拍去
我要去赴一个约会

因是无聊的约会
我要把花拍尽
不要有人惊说
你从花下来

2006 年

紫金山月歌

今夜

我的老朋友月亮

像一只斜挂的帽子

而满山的春树

每一棵

都戴着它

2006 年

萝卜地

随手撒下一把籽

就有了一片好萝卜地

先是像气泡出土

变成一层萝卜的芽

仿佛突然出现了细长的果实

随意泼出的一层水

就足以使根部叨叨不休

然后舒心酣眠

儿子，你去拔几只萝卜吧

练练你的胆

母亲深夜的指令

让儿子兴奋而紧张

在乡村，鬼的故事爬满每一个夜晚

每一面墙

可那些铺在黑暗中的萝卜地

浅浅的萝卜地

傍晚的时候刚刚浇过水

拔起来定不会断了缨子

我就是那个儿子

我跑着而去

跑着而回

逃避着神秘之物的追逐

那些水和土的小小的孩子

是我此生收获的

最最美

最最甜的果实

2006 年

春天有请

君到江南来

作江南行

来沐春风

来看桃红柳绿

四月江南岸的风

刮得红红绿绿

到处都是

在野外

在大街

让你不忍离去

不忍老去

桃是桃红柳绿的桃

红是桃红柳绿的红

柳是桃红柳绿的柳

绿是桃红柳绿的绿

2007 年

声音

兔子
在月光下
嚼食干草

2007 年

六月或梦境

婴儿在六月的树冠下熟睡
女生在等待假期——
她们走路的姿态
像洋槐一样静美

度过了酷热的夏季
她们会拖着皮箱回来
并变成另一个人
身后跟着的
是长发的秋风

2007 年

情景

我用吸管
像蚂蚁一样
吸食你流在地上的影子
它阴凉
神秘
有油脂的浓度

我用吸管吸食你的影子
像食蚁兽
把大片的蚂蚁吸食
无望的追慕
可以让一个人
如此痴迷
如此卑微么

瞬间

一只小狗跑入了黑暗
在即将进入的那一刻
它停了一下
它的半个身体
被黑暗染黑

然后，它的整个身体
被黑暗吞没

2012 年

高铁穿过原野

王小花，我知道你在附近
你和其他的名字
分布在乡村
这多么好
有人在故乡
并且玩着微信
一大片，一大片
我的心里踏实极了

王小花，我不知道你的年纪
看起来还不算老
我愿你在这里
一直住下去
我希望下一次路过

王小花三个字

还会出现

2014 年

一棵树
——给我的孩子

有一棵树在我们必须经过的地方
就像青春和青春的忧伤与迷惘
有一棵树把我们的身影见证
多少近在眼前的时光
围绕着树欢叫
你的小手多么柔软
你的身体多么小
头多么大

这副模样，却可以用双腿征服大山
哦，你从不用担心
当你累了
一定有爸爸的肩膀

一棵树经历了
十多年的风雨吹打

哦，对了
还有寂静
那我们热爱的
未必打动别人

当我再次独自走近
它已变化了容颜
你曾经的攀爬
高不可攀的枝柯
也已不见
你的青春正走向远方
苍茫到我已难以预言

一年一度的春天即将来临
我知道它同时把我们的时间丈量
你眼里咸润的潮汛
仍然令为父的
有一点惊慌

2014 年

摄影

海底躺着一条鱼
巨大的身体

森林里躺着树
苍老的身体

而天空
疲惫的鸟
正做着一生
最后的飞

2015 年

虫子日记

今天早起去吃草
遇到一只花尾鸡
我想长出翅膀
和它一起走
可我身体笨重
它只想着吃

2015 年

在一个秋天路过故乡

玉米玉米玉米玉米
玉米玉米玉米玉米
一匹马

玉米玉米玉米玉米
玉米玉米玉米玉米
放倒的农具

玉米玉米玉米玉米
玉米玉米玉米玉米
一对站起来的情侣

玉米玉米玉米玉米
玉米玉米玉米玉米
远处的一缕炊烟

2015 年

观察秋天的一种角度

秋天首先抵达骨头
鼻孔
皮肤

然后才是蟋蟀
草木　和
姑娘的长裙

2015 年

北冰洋的万人剧场

客人为先
我和企鹅　端坐在
中间的座位上

熊与鱼
请站到外面

2015 年

幸福的秋天

今天，我看到你家里好多米
好多油
姑娘也托付了终身

2016 年

读桃花的人

一根枯木，孕育着开放
它将脱去僵硬的衣裳
回复女儿的模样

你是我的桃花
我是那个极力完美你的人
我知道你的俗
也知道你的甜

2017 年

向晚

秋天的城市有一种陌生的美
打破生活烦闷的美

秋天的城市有一种熟悉的忧愁
像迷失了来路的忧愁

像我们的爱人
置换成另一个爱人

四十年对于一生有多少意味
一个有道德的中年人
开始说起从前说不出的词语

一个死不改悔的理想主义者

最近又吃了一块铁

他的内心却升起了持久的迷雾

2017 年

骑马的少女

雪地上蓝色的少女骑着马
她骑什么颜色的马
她骑白色的马

雪地上白色的少女骑着马
她骑什么颜色的马
她骑绿色的马

雪地上绿色的少女骑着马
她骑什么颜色的马
她骑紫色的马

雪地上紫色的少女骑着马
她骑什么颜色的马
她骑灰色的马

雪地上灰色的少女骑着马

她骑什么颜色的马

她骑红色的马

雪地上红色少女骑着马

她骑什么颜色的马

她骑蓝色的马

雪地上透明的少女骑着马

她骑什么颜色的马

她骑着风声的马

2018 年

远方的远

大山里古老的族类
你纯真的女儿留下了我
进而，你巨大的悲伤淹没了我

大山里古老的族类
你遥远的道路伤了我的马蹄
你古老的沙砾洗痛了我的双目

大山里古老的族类
你野蛮的女儿皈依了我的心
进而，她茂密的阳光安放了我的魂

2018 年

梦中的相会

三姐妹，穿着白礼服
她们朝向山坡
唱着纯真的歌

她们用尽了半生的能量
庄严的画面被我打破

在午餐的间隙
我夺路而逃
男人们埋头饕餮
女诗人靠在门边
细数男人破碎的细节

因为嗅到了河畔的水草
我甚至来不及换掉睡衣

水泥路面，水泥路面
我是那么需要，又那么拒斥

我甚至为自己草拟了墓志：
我要干净离去
把罪恶剔除干净

可阴影已如夜色
它的深，超过黥刑

2018 年

歌谣

我有一个小孩
他叫阿非利加

一个爸爸在夜晚
寻找着他

那天使一样的精灵
眼睛像星星一般明亮

我要带着他
回家去见妈妈

西天上的夕阳
东天边的月亮

我有一个小孩
他叫阿非利加

他的血液鲜红
我的心情激荡

2018 年

生命练习曲

在麦地枯黄的衣襟边
我练习向往远方

在南方的雨下
我练习爱情和梦想

在反常的气候下
我练习适应嘴唇的干裂

在寂静的长夜里
我练习适应恐惧和死亡

在逐渐加深的黑暗中
我练习适应更黑的黑暗

在踏过荒芜的时光后
我练习拨响渴望改变的琴弦

在远行的异乡里
我练习着忧虑和思念

在失去了方向的时候
我练习着回头，亲近过去和永远

2018 年

小母亲

一只小母羊还没有长大
她走在草地上
像一朵棉花
她看着初春的草芽
含苞待放的野花
世界是多么令人好奇啊
一只小母羊和这个世界
在彼此加深印象

转眼之间
一只小母羊产下了小羊
她的孩子就像她的玩伴
她用嘴唇亲近
用乳房饲养——
那还没有完全成熟的乳房

一只小母羊
她的表情青涩
她的内心安详

2018 年

诗人

当翅膀飞过
文字是我们
留在世界的影子

2018 年

蓝月亮，2018 年 1 月 31 日

我们站立在雪地里
面对一百五十年一回的天象
倾听时间的血液汩汩流淌
月亮慢慢消失于一张大嘴，又被缓缓吐出
我们持久地仰起脸庞
像一面镜子反照大河里沉浮的船帆

那一刻，我多动的孩子沉静肃立
眼睛里有了惊奇和忧伤
偶有行人经过
孤独和沉静并不因此而稍有减缓
面对时间和空间
我们像两个偶遇的人
毕生，只能有一次这样的经历
这样并排站在雪中，面对

奇异的天空

就像在浩瀚无涯的时间里

我们注定只能父子一场

2018 年